À pas de loup

Papa est un extraterrestre

Texte et illustrations :
Bruno St-Aubin

Moi, j'aime l'école, la soupe au chou
et les vêtements bien rangés.

En plus, j'adore la musique classique et...
mon petit frère !

Tu penses que je ne suis pas normal?

Attends de voir mon papa !

Depuis son dernier voyage en avion,
il n'est plus le même.

On dirait qu'il vit sur un nuage.

Il laisse tout traîner derrière lui...

Une vraie tornade !

Il raffole des frites et des bonbons
au piment fort.

Pouah !

Il écoute de la musique exo-hip-rap-techno-
pop-machin complètement nulle.

Beurk !

Quand il veut m'aider à faire mes devoirs...

… il complique toujours tout !

Par moments, maman se décourage.

Surtout quand il accomplit des
tâches ménagères...

Il faut dire que papa aime mieux faire
des courses.

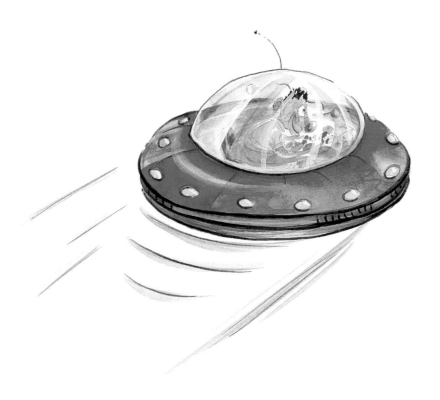

L'autre jour, il s'est acheté un super-bolide
extra-sport.

Puis il m'a rendu visite à l'école.

Quelle honte !

Il a présenté son métier devant toute la classe.
Inventeur de jouets… C'est ridicule !

Pourtant, tous mes amis l'adorent.

C'est vrai qu'il est un as du ballon.

Sauf dans notre salon !

Papa est désolé.

Pour se faire pardonner, il se met au lavage.

Il en ressort tout transformé.

Je suis soulagé de le voir enfin un peu
plus normal...

Mais pour combien de temps?

As-tu lu bien attentivement ? 🐾

C'est ce qu'on va voir…

Essaie de répondre aux questions suivantes.

1. Quand le papa a-t-il commencé à changer ?
a) Après son dernier voyage en avion.
b) Quand il a eu des boutons sur le nez.
c) Quand il a eu mal à la tête.

2. Quelle est la saveur de bonbon préférée du papa ?
a) Fraise des champs.
b) Chou-fleur.
c) Piment fort.

3. Quel est le métier du papa ?
a) Astronaute.
b) Laveur de vaisselle.
c) Inventeur de jouets.

4. Que fait le papa pour qu'on lui pardonne ?
a) Il chante une chanson.
b) Il se met au lavage.
c) Il prépare un gâteau.

Tu peux vérifier tes réponses en consultant le site Internet des éditions Dominique et compagnie, à :
www.dominiqueetcompagnie.com/apasdeloup.

À cette adresse, tu trouveras aussi des informations sur les autres titres de la série, des renseignements sur l'auteur-illustrateur et plein d'autres choses intéressantes !

Tu as aimé cette histoire ?
Tu as envie de connaître toutes les facettes de papa ?

Voici les autres titres de cette série.